AF263320

LA PASSION

DE

NOTRE-SEIGNEUR

JESUS-CHRIST,

Mise en Vers & en Dialogues.

ÉPITRE
A MA MERE.

MA TRÈS-CHERE MERE,

O vous! à qui je dois tout, Vous mon guide, mon unique appui, mon Ange tutelaire; Permettez-moi de remplir un devoir bien cher à mon cœur, en offrant à la plus vertueuse, à la plus aimée & à la plus respectable des Mères, un ouvrage digne de sa piété. J'ai osé mettre en vers sous vos yeux, un des plus grands Mystères de notre Sainte Religion, la Passion de notre Seigneur JESUS-CHRIST: Heureusement ce Sujet, le plus noble & le plus beau qu'un Poëte puisse jamais choisir, n'a pas besoin d'être embelli des charmes de la plus touchante Poësie, ni d'emprunter aucun ornement étranger pour intéresser vivement une Ame véritablement Chrétienne, & pour la raffermir dans ses principes. Aussi en me bornant à recueillir dans mon Ouvrage, avec plus de précision que de force, les grandes vérités que mon Sujet renferme, j'ai cru que vous qui les avez lues & méditées mille fois, goûteriez encor un plaisir plus pur à les relire, tracées de la main d'un Fils chéri. Je n'ai omis aucune des circonstances attendrissan-

tes,

tes, ni des souffrances douloureuses qui précédèrent la mort d'un Dieu offert en victime pour les péchés des hommes. Si le Tableau que j'en fais ne répond pas à la Grandeur, à la Majesté du Sujet, la matière que je traite est si belle, si touchante par elle-même, que je suis assuré que les Personnes pieuses pour qui j'écris, uniquement occupées de sa beauté, ne prendront pas garde à la médiocrité de mes talens. Pour vous, à qui j'en fais hommage, vous qui multipliez envers moi vos bontés à l'infini, recevez cette foible production comme un gage sacré de l'amour filial, & de la reconnoissance que je vous porte, & comme une preuve réelle des sentimens religieux que vous avez daigné m'inspirer. Heureux si l'ame toujours plus docile à vos leçons, & le cœur plus sensible à vos soins maternels, je puis un jour en partager le prix avec vous, en imitant parfaitement des vertus que je ne me lasse point d'admirer, & en préférant comme vous les charmes d'une solide pieté aux frivoles amusemens & aux vanités du siècle.

Je suis avec l'amitié la plus tendre & le respect le plus profond,

MA TRES-CHERE MERE,

Votre très-humble & très-
obéïssant & très-soumis Fils.

LA PASSION

DE NOTRE SEIGNEUR

JESUS-CHRIST.

DIALOGUE I.

JOSEPH D'ARITHMATIE, Sr. MATHIEU.

JOSEPH DARITHMATIE.

AH mon frère ! sans doute, un si triste visage,
Est de notre infortune un assuré présage;
Vous répandez des pleurs ! vous parlez de soldats,
De trahison, de crime, & vous nommez Judas ?
Trahiroit-on Jésus ?... Parlez, cette journée,

A combler nos douleurs est-elle destinée ?
Vous ne répondez point ! vos soupirs redoublés,
Remplissent mes esprits d'amertume.

St. MATHIEU.

Tremblez ! . . .
Depuis qu'à la vertu les méchants font la guerre,
Que tant de scélérats ont ravagé la terre,
Le crime dont gémit mon cœur épouvanté,
De leurs plus grands forfaits passe l'atrocité ;
Et Judas dévoré d'une avarice infame,
D'un attentat si noir a seul ourdi la trame.

JOSEPH D'ARITHMATIE.

O Ciel ! expliquez vous : quoi ce monstre auroit pu...

St. MATHIEU.

Ce traitre que Satan, sans doute, a corrompu,
Ce cœur avare & faux, cette ame ingrate & noire,
Vient de livrer aux Juifs le Fils du Roi de gloire ;
Par un vil intérêt, le perfide séduit,
A vendu notre Maître au bras qui le poursuit,
Et de sa trahison, le croirez vous, mon frère ?
Trente piéces d'argent ont été le salaire.

JOSEPH D'ARITHMATIE.

Qu'entends-je !

St.

St. MATHIEU.

Il guidoit seul les soldats inhumains,
Dont les Juifs ont armé les sanguinaires mains :
J'ai vu ces malheureux chercher sans le connaître ,
Le Fils du Dieu vivant, notre appui, notre Maître ;
Près de lui-même , en foule , ils s'étoient avancés,
Quand le son de sa voix les a tous renversés ;
Si son souffle a rendu leur fureur immobile ,
Son bras les eût brisé comme un vase d'argile ;
Mais envers ces ingrats toujours plein de bonté ,
Jesus , loin de punir leur inhumanité ,
Et d'attirer sur eux la céleste vengeance ,
A lui-même remis sa tête en leur puissance.

JOSEPH D'ARITHMATIE.

Quoi ! mon frère, un tel coup de Judas est parti !
Et la terre à l'instant ne l'a pas englouti ?
Il a trahi, vendu, livré son divin Maître ,
Et la foudre n'a point anéanti ce traitre ?
Et l'Astre bienfaisant qui luit sur l'horizon ,
A pu voir sans pâlir sa noire trahison ?

St. MATHIEU.

Abhorré, méprisé de la nature entière ,
Le méchant, à regret, voit briller la lumière ;
Son éclat importun ajoute à la grandeur

Du remords dévorant qui lui ronge le cœur,
Et le jour pour un homme impie, abominable,
Est de tous les fardeaux le plus insuportable.
Mais apprenez mon frère, en ce commun malheur,
A quel point le perfide a porté la noirceur :
A peine parmi nous l'avons nous vû paraître,
Que volant dans les bras de notre auguste Maître,
Il le serre, il l'embrasse, & ce baiser fatal
Est de la trahison l'exécrable signal.
A ce trait qui peint seul toute sa perfidie,
La troupe sur Jesus porte une main hardie.
Pierre pour reprimer leurs attentats cruels,
Fait briller son épée à leurs yeux criminels ;
Et frappant le premier qui vers lui se présente,
Il abbat à ses pieds son oreille sanglante :
Lors Jesus l'arrêtant, lui dit avec douceur,
Remets dans le fourreau ce glaive destructeur ;
Qui frappe avec le fer sera frappé de même ;
Laisse-moi désarmer la justice suprême ;
Victime des fureurs de ce peuple aveuglé,
Au salut des humains je dois être immolé.
Il dit, & du blessé l'oreille rajustée,
Offre un nouveau miracle à la troupe irritée ;
Mais en vain sa bonté pour eux sans cesse agit :
Loin de calmer leur rage, hélas ! elle l'aigrit :
Chargé d'indignes fers chez Caïphe on l'entraine,

Et

Et Pierre en gémissant suit la foule inhumaine.

JOSEPH D'ARITHMATIE.

D'un amour aussi pur justement pénétré,
Dans ce terrible lieu n'êtes-vous pas entré?
Et Pierre est il le seul qui toujours plus fidèle,
Quand le nôtre s'éteint, voit accroitre son zèle?

St. MATHIEU.

Il le faut avouer: dans ce funeste jour,
La crainte a pour Jesus refroidi notre amour:
Loin de briser des fers dont l'aspect nous irrite,
Loin de le secourir quand sa tête est proscrite,
La crainte de nous voir dans sa chute englobés,
A sa vue à l'instant nous a tous dérobés.
Mortels, apprenez tous, par cet exemple horrible,
Combien à l'amitié l'infortune est nuisible!
Mais, mon frère, tremblez! le cruel Sanhédrin,
A peut-être déja flétri son Souverain.
Contre ce doux Sauveur la populace éclate;
Caïphe doit bientôt l'envoyer à Pilate,
Qui redoutant les feux de la sedition,
Immolera Jesus à son ambition,
Attendu que des Juifs la haine inconcevable,
Le tout envers Céfar le rendroit responsable.

JOSEPH D'ARITHMATIE.

Les Miracles divers devant eux opérés ,
N'ont point touché des Juifs les cœurs trop ulcérés.
C'eſt en vain qu'ils ont vu ce Rédempteur auguſte,
Qu'avec tant de fureur pourſuit leur haine injuſte ,
Toujours dans ſes bienfaits auſſi grand que divin ,
Aux nôces de Cana changer les eaux en vin,
Chaſſer des noirs démons la légion barbare ,
Trois jours après ſa mort reſſuſciter Lazare ,
Par l'éclat d'un beau jour ravir l'aveugle né ,
Et délier la langue au muet étonné.
C'eſt en vain qu'en touchant le bas de ſa tunique ,
Ils ont vu ſur la Place un vieux Paralytique,
Marcher , porter ſon lit , regagner ſa maiſon ,
En criant, A Jeſus je dois ma guériſon.
C'eſt en vain que ce peuple, à ſa voix indocile ,
Par l'effet d'un pouvoir à qui tout eſt facile ,
L'a vu guérir les ſourds, rendre ſains les lépreux ,
Avec cinq petits pains nourrir cinq mille Hébreux,
Des vents & de la mer calmer la violence ,
Impoſer à leur rage un mutuel ſilence ,
Et frayer à ſa ſuite un ſolide chemin
Sur les flots applanis ſous ſa divine main....
O Nation perverſe , & de ſens dépourvue !
Que te faut-il de plus pour déciller ta vue ?...

Sᴛ.

Sᴛ. MATHIEU.

Peuple ingrat ! mets le comble à tes affreux forfaits,
Enchaîne ton Sauveur, méprife fes bienfaits,
Pourfuis, & que nul frein déformais ne t'arrête ;
Epuife ta fureur fur fon augufte tête ;
Perfécute à l'égal de tes fiers ennemis,
Le falut éternel aux nations promis,
Le Meffie attendu fur la foi des oracles,
Dont le bras a pour toi prodigué les miracles ;
Loin de le fecourir, opprime l'innocent . . . .
Mais tremble, & dans les airs voi le Dieu tout-
    puiffant,
Prêt à lancer fur toi la foudre vengereffe.
Hélas ! Pierre s'avance accablé de trifteffe . . . .

JOSEPH D'ARITHMATIE.

Que vois-je ! fon vifage eft inondé de pleurs ;
Mon frère, il vient, fans doute, augmenter nos
    douleurs.

DIALOGUE II.

St. PIERRE, St. MATHIEU, JOSEPH D'ARITHMATIE.

St. MATHIEU.

O Pierre! il est donc vrai, ce tribunal inique
A de l'Etre éternel proscrit le Fils unique;
Et ce jour que nos yeux n'auroient jamais dû voir,
Va de tous les forfaits éclairer le plus noir?
Le sort de notre Maître est horrible, sans doute!
Nous partageons les pleurs que sa perte vous coûte:
Mais hélas! notre amour, dans un malheur si grand,
Lui devoit de sa force un plus parfait garant.
Qu'importe que sur lui nos ames s'attendrissent,
Quand nous l'abandonnons aux bras qui le flétrissent?
Loin de nous amuser à répandre des pleurs,
Il falloit l'arracher à ses persécuteurs;
Il falloit écraser cette troupe cruelle,
Ou tomber tous ensemble exterminés par elle.
La frivole amitié pleure notre malheur,
La véritable agit, combat, triomphe ou meurt.

St. PIERRE.

Ce n'est pas sur Jesus, c'est sur moi que je pleure,

Sur

Sur moi qui l'ai trahi trois fois dans la même heure ;
J'aurai d'un tel forfait un regret éternel ;
Mais toujours envers lui je serai criminel.
Accoutumez vos yeux à voir couler mes larmes,
Ainsi que mon opprobre apprenez mes allarmes ;
Frémissez de l'abîme où j'ai pu me plonger.
Vous adorez Jésus ! . . . Je viens de l'outrager ;
Sous un crime si grand il faut que je périsse,
Et déja les remords font mon premier supplice.

St. MATHIEU.

Hé quoi ! mon frère, aussi vous auriez opprimé
Ce Maître bienfaisant, si digne d'être aimé !
Aurions-nous pû penser que dans un temps si triste,
De ses persécuteurs vous grossiriez la liste ?
Qu'une si chère main, loin d'adoucir son sort,
Lui porteroit des coups plus cruels que la mort ?
Non, nous avions de vous une trop haute idée.

St. PIERRE.

Satan a subjugué mon ame intimidée ;
Ce noir père du crime & de la trahison,
Cet esprit dont le soufle est un mortel poison,
Ce monstre à notre perte appliqué sans relâche,
De tous les serviteurs m'a rendu le plus lâche.
En vain contre ses coups je me crus affermi ;
J'ai renié mon Dieu, mon Maître, mon ami ;

Et

Et mon ame sans foi, languissante, abattue,
Succombe sous l'horreur du remords qui la tue.

St. MATHIEU.

Jesus vous aime encor...

St. PIERRE.

      Son tendre amour pour moi
Répand un jour affreux sur mon manque de foi.
Hélas! vous le savez, ce Sauveur charitable,
D'un ton plein de bonté me dit hier à la table :
Pierre, Pierre, Satan demande à te cribler :
Seigneur, il cherche en vain, lui dis je, à m'ébranler;
Non, de cet ange obscur la malice infernale,
Quand je t'aime à l'excès ne peut m'être fatale.
Cependant avant l'heure où le Coq chantera,
Trois fois dans cette nuit Pierre me reníra.
Moi! d'un Maître si bon je perdrois la mémoire!
Infidéle à mon Dieu, je trahirois ma gloire!
Je ferois de moi-même un si funeste oubli...
Non, mon zèle à tel point ne peut être affoibli.
J'en atteste le ciel & la terre où nous sommes....
Hé pourrez-vous compter sur les sermens des
    hommes,
Quand vous saurez, amis, que mon cœur effrayé
A trois fois du Très-Haut méconnu l'Envoyé?
           Trois

Trois fois dans cette nuit au crime confacrée,
Satan a triomphé de mon ame égarée;
Et j'euffe encor plus loin porté la fauffeté,
Si dans le même inftant le Coq n'avoit chanté;
Sa voix m'a rappellé la plus fainte promeffe,
Quand, deja trop inftruit de toute ma foibleffe,
Jefus par un regard qui m'a percé le cœur,
„ M'a dit, Connois, ingrat, jufqu'où va ta noirceur;
„ Qui renia trois fois fon Rédempteur augufte,
„ Auroit, comme Judas, vendu le fang du jufte:
„ Quand le crime à tel point prend fur nous le deffus,
„ On ne recule pas pour un degré de plus.
Amis, après cela, jugez fi je m'abhorre,
Et condamnez mes pleurs , fi vous l'ofez encore.

St. M A T H I E U.

Des bornes du devoir quand on a pû fortir,
Heureux qui paffe ainfi du crime au repentir!
De l'efprit infernal votre chute eft l'ouvrage,
Il a de votre cœur ébranlé le courage;
Sous fes coups, un inftant, vous avez fuccombé,
Mais en voyant l'abîme où vous êtes tombé,
Vos pleurs ont de fi près fuivi votre défaite,
Que Satan à fon tour devient votre conquête.

St. P I E R R E.

Vous me flattez , mon frère: un fi lâche abandon
Doit

Doit me rendre à jamais indigne de pardon.

St. MATHIEU.

'Tant qu'il ne brûle pas d'un repentir sincère,
Le mechant peut douter du pardon qu'il espère;
Mais tout doit rassurer votre esprit ebranlé,
Quand des larmes de sang de vos yeux ont coulé,
Et quand ce doux Sauveur, qui voit votre tristesse,
A d'un Père pour vous & l'œil & la tendresse.

St. PIERRE.

O crime! ô nuit funeste! ô déplorable état!
Soleil, n'éclaire plus un perfide apostat!
Terre, ouvre sous mes pas tes entrail es brulantes!
Démons, lancez sur moi vos flammes dévorantes!
Tonnez, cieux! écrasez aux yeux de votre Roi,
Un Disciple envers lui sans amour & sans foi.

St. MATHIEU.

Ah! mon frère, calmez l'horreur qui vous dévore,
Si votre crime est grand, Jesus vous aime encore;
Il a jetté sur vous un œil d'affection;
Implorez ses bontés & sa compassion,
Et ne l'offensez plus par un discours coupable.

St. PIERRE.

Oui, mon souverain Roi... Dieu toujours adorable;
Dissipe,

Dissipe, anéanti le trouble de mon cœur;
Renverse les projets de l'esprit tentateur.
Si par le repentir ta colère est fléchie,
Du noir joug de Satan mon ame est affranchie.

JOSEPH D'ARITHMATIE.

Vous connoissez pour vous son amour paternel;
Le doute peut vous rendre encor plus criminel.
Jesus d'un cœur contrit ne veut point la ruine ;
Comptez sur les effets de sa bonté divine ;
Et sachez qu'en dépit de l'infernal serpent,
Tout crime est pardonnable alors qu'on se repent.

St. MATHIEU.

Hélas ! des ennemis de ce divin Messie,
Nous détestons la troupe , & nous l'avons grossie :
Ce même jour l'a vu vendu par l'un de nous,
Renié par un autre , abandonné de tous.
A voir l'aveuglement qui régne dans nos ames,
On diroit que des Juifs nous ourdissons les trames,
Et que dans leur fureur nous les affermissons,
Par l'exemple odieux que nous leur en traçons :
Mais vous l'avez suivi dans la cour de Caïphe,
De quel œil l'a reçu ce superbe Pontife ?

St. PIERRE.

De ce monstre d'abord j'ai vu les premiers soins.

Em-

Employés sans succès à chercher des témoins,
Afin qu'avant de rendre un arrêt tyrannique,
Un faux air d'équité couvrit son zèle inique.

Sr. MATHIEU.

O crime! ô jour impie! ainsi le scélérat,
Des vertus qu'il condamne ose emprunter l'éclat.

Sr. PIERRE.

Il est vrai, mais enfin sa détestable idée,
Est par deux imposteurs hautement secondée;
Deux traitres, deux méchants, par l'enfer dirigés,
Sans qu'on les appellat, sans être interrogés,
Ont dans le Sanhédrin rendu ce témoignage;
Cet homme devant nous a tenu ce langage:
„ Montrez-moi le saint Temple abattu, démoli,
„ Dans trois jours à vos yeux je l'aurai rétabli.
Caïphe satisfait de ce qu'on lui raconte,
Avec ces scélérats sur le champ le confronte;
Ce superbe dessein dont on t'a vu vanter,
Dit le Pontife en feu, peux-tu l'exécuter?
D'un effort aussi grand ton bras est il capable?
Leur déposition est elle véritable?
Justifie à nos yeux tes discours séducteurs,
Ou bien démen celui de tes accusateurs.
Jesus loin de confondre une telle insolence,
Plein d'un juste mépris garde un profond silence:

Répon, poursuit alors le Pontife irrité ;
Au nom du Dieu vivant, di moi la vérité ;
Ton sort est dans mes mains ; faut il que je te traite
Comme le Roi Messie ou comme un faux Prophête?
Es-tu le Fils de Dieu, le Christ, l'Emmanuel ?
Jesus ainsi pressé par ce Prêtre cruel,
Lui dit: En vain ton cœur refuse de me croire,
Tu vois devant tes yeux l'unique Roi de gloire;
Mon règne est éternel, mon trône est en tout lieu;
Tu me verras un jour à la droite de Dieu,
Assis sur un nuage, armé de son tonnerre,
Du haut des Cieux, en Maître, interroger la terre;
Caïphe, l'œil terrible & de rage enflammé,
S'écrie, Entendez-vous, comme il a blasphémé?
Quel criminel jamais a montré plus d'audace ?
Loin de s'humilier, l'imposteur nous menace ;
On doit punir de mort de tels égaremens.
Le traitre a déchiré pour lors ses vêtemens.

JOSEPH D'ARITHMATIE.

O Ciel! leur cruauté va donc être assouvie !
Ils vont couper le fil de la plus belle vie !
Le seul Roi, le seul Dieu digne de nos autels,
Va tomber accablé sous les coups des mortels !

St. PIERRE.

Tandis que le Conseil aveugle en sa colère,
Approuve injustement un arrêt si sévère,
Le peuple à son exemple encor plus inhumain,
Ose sur le Messie appésantir sa main :
L'un frappe d'un soufflet son auguste visage,
L'autre lui fait encor un plus sensible outrage ;
Par des chemins divers tous vont au même but ;
De l'amour des humains ils en font le rebut :
En un mot dans ce jour chez ce peuple féroce,
Chaque instant voit éclorre un crime plus atroce ;
Et si Pilate approuve un arrêt odieux,
Bientôt le sang du Juste inondera ces lieux.
Hélas ! s'il en a cru cette race aveuglée,
L'heure de son trépas est sans doute réglée ;
L'inouï Sacrifice est prêt d'être achevé,
Notre unique soutien va nous être enlevé.
Dieu juste .... Je frémis ! on vient combler nos
    craintes . ...

DIALOGUE III.

St. JACQUES, St. PIERRE, St. MATHIEU, JOSEPH D'ARITHMATIE.

Sr. JACQUES.

OUi, je vais vous frapper des plus rudes atteintes,
Frémissez tous: j'ai vû le Roi de l'Univers,
Entouré de soldats, chargé d'indignes fers,
Honteusement traîné d'un tribunal à l'autre,
Moins touché de son sort, qu'attendri sur le nôtre,
Des crimes les plus noirs faussement soupçonné,
Et comme un vil brigand au trépas condamné.
Pilate vainement a daigné le défendre ;
Les Juifs ni les soldats n'ont point voulu l'entendre.
D'un fantôme de Roi craindrois-tu la fureur ?
Obéis, ont-ils dit, aux loix de l'Empereur ;
Qui prend ce nom sacré, se condamne lui-même ;
Venge l'attentat fait à la grandeur suprême ;
Confon d'un imposteur l'audace & les complots,
L'ennemi de César doit périr. A ces mots,
Le Gouverneur s'approche, & dit à notre Maître,
Repon moi dans quel lieu le ciel t'a t-il fait naître?
Es-tu Roi? quel empire & quel peuple est le tien ?

 Tu

Tu le vois, je peux tout, ne me déguise rien.
Je suis Roi, dit Jésus, mais mon régne est céleste;
J'aurois pû rendre aux Juifs ma puissance funeste,
Mes gens auroient pour moi livré mille combats;
Mais je n'exerce point mon empire ici bas:
De l'Etre indépendant, à qui tout rend hommage,
Je suis le Fils unique, & la vivante image;
J'ai par-tout en son nom prêché la vérité,
Afin que mon pouvoir vous fut manifesté.
Pilate, alors, l'admire, & n'ose rien résoudre;
Il ne sait plus s'il doit le punir ou l'absoudre:
Il voit ces hommes durs, ardens à s'abreuver
Du sang qu'au prix du leur ils devroient conserver.
Il sent combien leur haine est injuste & sévère,
Mais il craint leur courroux & celui de Tibère.

St. M A T H I E U.

Ainsi l'ambition dont il est tourmenté,
Etouffe dans son cœur la voix de l'équité.
Il seroit moins injuste avec plus de puissance,
Et cruel par foiblesse, il proscrit l'innocence.

St. J A C Q U E S.

Tandis qu'envers Jésus les Juifs trop irrités,
Se portent dans leur rage à mille indignités,
Que Pilate à sa mort hésitant de souscrire,
Demande à le sauver plutôt qu'à le proscrire,
Or les entend crier : Condamne un factieux,

Qui

Qui trahit l'Empereur, qui nous est odieux ;
Un fourbe qui nommant sa mission divine,
Infecte tout Juda de sa fausse doctrine ;
Un vil Galiléen, qui né d'un père obscur,
Croit être du vrai Dieu le Fils auguste & pur,
Annonce, comme tel, la ruine totale
De qui brave son nom, ses loix & sa morale.

St. MATHIEU.

O haine inconcevable ! ô Juifs infortunés !
Par quelle aveugle erreur êtes vous fascinés ?
Vous voyez devant vous, insensés que vous êtes,
Le Messie annoncé par la voix des Prophètes,
L'attente, le salut, la gloire d'Israël,
L'unique Fils du Roi de la terre & du ciel ;
Tout peint à vos regards sa puissance & son règne,
Et loin de l'adorer, votre cœur le dédaigne.
En vain, peuples cruels, malgré vos noirs projets,
De son amour encor vous êtes les objets ;
Méprisant les bontés du Dieu qui vous protège,
Vous levez sur sa tête une main sacrilège ;
Vous voulez par sa mort remplir Sion d'horreur.....
Mais, mon frère, achevez de nous percer le cœur.

St. JACQUES.

Pilate, à ce discours, répond d'un air tranquille :
Peuple un tel aveu rend ma puissance inutile ;
De tout Galiléen Hérode est Juge né :

Allez , que devant lui cet homme soit mené.
On exécute l'ordre , & d'une ame ravie ,
Hérode dans sa cour voit entrer le Messie.
Les bienfaits , les vertus , les miracles divers ,
Dont notre auguste Maître a rempli l'univers ,
De son règne divin l'éclatante merveille ,
Sans fruit de ce barbare avoient frappé l'oreille ,
Et voulant éclaircir les doutes là - dessus ,
Il avoit désiré l'entretien de Jesus.
Il arrive , & d'abord cette troupe confuse ,
De mille iniquités , à haute voix , l'accuse.
Hérode l'interroge , observe son maintien ;
Jesus baisse la tête , & ne lui répond rien ;
Ce silence profond étonne le Tétrarque ,
De son pouvoir suprème il vouloit une marque ;
Il pensoit que Jesus jaloux de l'étaler ,
Par quelque grand miracle alloit se signaler ;
Mais voyant la belle ame à se taire obstinée ,
Il le quitte , en disant à la troupe effrénée ,
Qu'il n'a vû dans l'objet de son inimitié ,
Qu'un être méprisable & digne de pitié ,
Qu'un mortel un peu loin d'unir dans sa personne
Le pouvoir , les vertus & le nom qu'on lui donne ;
Et par dérision il ordonne à l'instant ,
Qu'on pare de César le rival important ,
D'une robe éclatante , & que la race ingrate ,
Le ramène en triomphe au palais de Pilate.

St. MATHIEU.

Quelle leçon pour vous, ô mortels orgueilleux !
L'opprobre & le mépris couvrent le Roi des cieux ;
Et celui dont les Saints, les Cherubins, les Anges,
Célèbrent à l'envi les divines louanges,
Que la terre avec eux doit à jamais bénir,
Qui connoit le paffé, le préfent, l'avenir,
Maintenant accablé d'une douleur mortelle,
Eft de l'humilité le plus parfait modelle.

St. JACQUES.

Les Hébreux, de nouveau, chez Pilate affemblés,
Par des difcours hardis, par des cris redoublés,
Du Sauveur des humains demandent le fupplice,
Blâment du Gouverneur la trop lente juftice,
Lui font un crime, enfin, de n'ofer pas dicter
Un arrêt que leur cœur brûle d'exécuter.
Pilate qui connoit, & craint leur infolence,
Leur dit, Vous le voulez, opprimez l'innocence,
Dans le fang de Jefus, baignez vous, inhumains,
Devant vous aujourd'hui je m'en lave les mains,
Et je vous charge feuls de toute l'injuftice.
Verfe fon fang fur nous, ordonne qu'il périffe,
C'eft affez, fon trépas peut feul combler nos vœux.
Alors, qui l'eut pû croire ? ô crime ! ô jour affreux !
J'ai vu, pour contenter leur haine fans feconde,
Flagelier fans pitié le Rédempteur du monde.
Après cet attentat le foldat furieux,

D'un superbe manteau revêt le Roi des cieux,
Se range autour de lui, le couronne d'épines,
D'un sceptre ridicule arme les mains divines,
Et par dérision se prosterne, en criant:
Salut au Roi des Juifs, au Fils du Dieu vivant.

St. PIERRE.

Ainsi le sort cruel prédit à notre Maître,
Dans toute son horreur s'accomplit à la lettre.
Privé de tout secours, percé de mille coups,
Le Saint, l'Agneau sans tache, est sous la dent des
      loups.
Mais tandis que l'on voit cette troupe ennemie
L'accabler de tourmens, de honte & d'infamie,
Lui tranquille au milieu d'un peuple d'oppresseurs,
Souffre tout par amour pour ses persécuteurs.

St. JACQUES.

Pilate épouvanté d'une haine si forte,
Court le montrer aux Juifs, avili de la sorte,
Espérant que par·là de ce peuple endurci
Le terrible courroux pourroit être adouci:
Voici l'homme, a t il dit, dont on proscrit la tête,
Je ne vois rien en lui des crimes qu'on lui prête:
Au surplus, vous savez qu'en ce jour solemnel,
Je dois, suivant l'usage, absoudre un criminel:
Faut-il envers Jésus que ma clémence agisse?
Ou faut-il sous vos coups que l'innocent périsse?

Pro-

Prononcez, voulez-vous fa grace ou fon trépas?
Ote, óte le du monde, & fauve Barrabas,
A répondu la race impie & meurtriére.
Pilate n'ofant pas rejetter la priére,
Frémit, & prêt à rendre un arrêt fi fatal,
Interroge Jéfus fur fon pays natal.
Jéfus fe teit; Pilate aigri par fon filence,
Lui dit, Connois-tu bien jufqu'où va ma puiffance!
Sais-tu qu'au moment même où tu m'ofes braver,
Je puis, avec un mot, te perdre ou te fauver,
T'envoyer fur la croix ou bien te faire grace?
Je connois, dit Jefus, tous les droits de ta place;
Mais ce peuple inhumain, ni l'Empereur, ni toi,
Si je ne le voulois ne pourroient rien fur moi;
Ton pouvoir vient du ciel, & la troupe cruelle,
Qui me livre en tes mains, eft la plus criminelle.
Pilate à ce difcours en proie à mille ennuis,
Tente encor d'émouvoir l'ame dure des Juifs;
Mais rien ne peut fléchir cette race égarée,
Du fang du Roi des Rois toujours plus altérée.
Pilate en vain s'efforce à le juftifier;
Confen, lui dit le Peuple, à le crucifier,
Et ne nous montre plus, avec une ame ingrate,
L'ennemi de Céfar protégé par Pilate.
Pilate alors craignant d'irriter les Romains,
En arrachant Jefus aux bras des inhumains,

A

A la mort de la croix le condamne & le livre...;
Hélas! je n'ai pas eu la force de le suivre.

JOSEPH D'ARITHMATIE.

Indigne d'éclairer les bourreaux de son Roi,
L'astre du jour recule & s'éclipse d'effroi;
La terre tremble... Amis, quel sifflement horrible!..
Les cieux vont-ils crouler?... Sanhédrin inflexible,
Reconnoi de Jésus la suprême grandeur,
Cet effroyable bruit t'annonce son vengeur.

St. MATHIEU.

Peuple insensé, la honte & l'horreur de la terre,
Tu vas donc immoler le Maître du tonnerre;
Un bandeau, triste fruit de ton impieté,
A tes yeux obscurcis cache la vérité.
Pleure, Jérusalem, pleure, Cité rebelle,
L'Eternel a proscrit ta tête criminelle,
Ton régne va passer: bientôt tes tristes murs
Serviront de retraite aux reptiles impurs;
Tu verras le Romain enrichi de tes pertes,
Tes fleuves teints de sang, tes campagnes désertes,
Ton temple, ton autel, tes palais renversés,
Et tes vils citoyens en cent lieux dispersés.
Et toi, cruel Judas, ame ingrate & sordide,
De quel front soutiens tu cet affreux déicide?
Tu ferois trop heureux si ta mère au berceau,
Dans ton coupable flanc eût plongé le couteau,

Ou

Ou si l'œil qui des temps perce l'abîme immense,
N'eût jamais du néant tiré ton existence.
St. JACQUES.
Justement effrayé d'un forfait si nouveau,
Il vient d'être à la fois son juge & son bourreau.
A peine de Jesus la personne sacrée
A la merci des Juifs venoit d'être livrée,
Que Judas détestant un crime plein d'horreur,
Et jettant loin de lui le métal séducteur,
Qui de sa trahison fut le salaire infame,
La honte sur le front, le desespoir dans l'ame,
Déchiré de remords, furieux … éperdu,
Le traitre aux yeux des Juifs s'est lâchement pendu.
St. MATHIEU.
O fin vraiment funeste! ô chute déplorable!
Mortels, par cet exemple affreux & mémorable,
Voyez à quel excès de crime & de noirceurs
L'ardente soif de l'or peut entraîner vos cœurs;
Et n'oubliez jamais qu'une aveugle avarice
A seule de Judas creusé le précipice …..
Mais hélas! voici Jean, le crime est consommé, …
La mort nous a ravi ce Maitre bien aimé.
Ah mon frère! je lis dans votre ame attendrie,
Jusqu'où ce peuple ingrat a porté la furie.

DIALOGUE DERNIER.

St. JEAN, St. JACQUES, St. PIERRE,
St. MATHIEU, JOSEPH D'ARITHMATIE.

St. JEAN.

O Crime! ô jour affreux! Cieux, avez vous permis
Cet horrible attentat que les Juifs ont commis?
Du sang de votre Roi la terre est arrosée,
Et cent gouffres de feu ne l'ont point embrasée?
Elle subsiste encor, & son Maître n'est plus…

St. MATHIEU.

Adorez du Très Haut les décrets absolus;
En laissant immoler cette victime illustre,
Sa clémence envers nous brille du plus beau lustre.
Les crimes des humains à leur comble montés,
Avoient armé la foudre & lassé ses bontés,
Au point que de son Fils l'inouï sacrifice
Pouvoit seul appaiser sa divine justice;
Mais vous qu'il aimoit tant, vous témoin de sa mort,
Vous dont le zèle éclate en ce noble transport,
Calmez une douleur aussi vive qu'amère,
Et des fureurs des Juifs instruisez nous, mon frère.

St. JEAN.

Il faut vous obéir, puisque vous l'exigez;

Mais qu'un tel récit coute à mes sens affligés !
Et puis-je vous tracer cette horrible peinture,
Sans r'ouvrir mille fois la plus vive blessure ?
Vous avez vu comment, & par quel intérêt,
Les Juifs ont obtenu ce sanguinaire arrêt ;
Mais vous n'avez pas vu cette race odieuse,
Envers son bienfaiteur toujours plus furieuse,
Faire retentir l'air de mille cris joyeux,
En accablant de fers ce Sauveur glorieux :
C'est à qui lui fera la plus sanglante injure…
Toujours en butte aux traits de la foule parjure,
On l'entraine au Calvaire, on l'oblige à marcher,
Chargé du bois honteux où l'on doit l'attacher.
Jésus ainsi conduit par l'aveugle cohorte,
Marche & tombe accablé sous le fardeau qu'il porte.
Tel dans Gethsémané vous avez du Sauveur
Vu le corps tout couvert de sang & de sueur,
Quand soumis à son Père, & craignant sa justice,
Il vouloit loin de lui détourner le Calice….
Tel & plus abbattu sous un poids si cruel,
Il éprouve des maux au dessus d'un mortel.
Mais comme par sa chute on juge de sa peine,
On force un étranger arrivé de Cyréne,
A porter par besoin, plutôt que par pitié,
De sa terrible Croix la pesante moitié.
On arrive au Calvaire, & ce peuple barbare,

Que

Que la haine envenime & que l'erreur égare,
Là par de nouveau traits signale sa fureur ;
La nature en frémit d'épouvante & d'horreur ;
Mais toujours des bourreaux l'industrieuse rage
Ajoute à ses tourmens outrage sur outrage ;
Rien ne peut adoucir ces tigres inhumains.
Comme on cloue à la croix ses adorables mains,
Nous voyons les soldats avides de pillage,
Faire de ses habits un horrible partage,
Et laisser le hazard disposer à son gré,
De la possession de ce butin sacré.

St. J A C Q U E S.

O Jesus ! voilà donc l'Ecriture accomplie ;
De ce calice amer tu bois jusqu'à la lie ;
On a vendu ton sang, & mis ta robe au sort ;
L'opprobre aux yeux du juste est pire que la mort.
Cependant déchiré par des douleurs extrêmes,
Couvert d'ignominie & noirci de blasphêmes,
Battu, moqué, proscrit par ce peuple insolent,
Tu meurs dans un supplice aussi cruel que lent.

St. J E A N.

En vain pour ses bourreaux sa bonté singulière
Adresse à l'Eternel cette noble prière :
,, Père, pardonne leur, tout coupables qu'ils sont,
,, Ces hommes aveuglés ne savent ce qu'ils font.
Loin qu'un trait si frappant d'amour & de constance

Arrache

Arrache à ces ingrats des pleurs de repentance ;
Loin que leur cœur d'airain s'amollisse à sa voix,
Ils lui font éprouver mille morts à la fois ;
Et disent, insultant à sa tristesse extrême,
S'il peut sauver quelqu'un qu'il se sauve lui-même.
Deux scélerats fameux, l'opprobre des humains,
Elevés sur la croix à ses côtés divins,
Et dignes du mépris de ce peuple exécrable,
Ont subi de Jesus le supplice effroyable.

St. J A C Q U E S.

Ainsi ces aveuglés punissent du trépas,
Et les grandes vertus & les grands attentats ;
Et le dernier forfait de cette race impie,
Passe en horreur tous ceux que notre Maître expie.

St. J E A N.

L'un de ces malfaiteurs dans cet affreux séjour
Au Dieu de l'univers insultant à son tour,
Lui crie, ô Roi des Juifs ! montre ton innocence,
Et de la mort sur nous arrête la puissance.
Enfin si tu le peux, sauve-nous, sauve-toi.
L'autre sur son vrai régne éclairé par la foi,
Et de son compagnon condamnant la folie,
Lui répond, malheureux, quoi rien ne t'humilie ?
Sans doute à nos forfaits le supplice étoit dû ;
Mais à tort parmi nous ce juste est confondu :
Et toi, Seigneur Jesus, dans ta gloire éternelle,

C

Dai-

Daigne te souvenir d'une ame criminelle.
Va, lui répond Jésus, je serai ton appui,
Et les cieux à ta voix s'ouvriront aujourd'hui.
Près de sa Croix, alors, sa Mère s'est offerte,
De poussière, de cendre & de larmes couverte :
A cet aspect touchant le Seigneur s'est troublé,
Son cœur s'est attendri, ses maux ont redoublé.
On peut voir sans pâlir la mort la plus amère ;
Mais ce n'est pas aux yeux de la plus tendre Mère ;
Aussi jamais Jésus ne fut plus attristé ;
Mais reprenant bientôt toute sa fermeté,
Il se tourne vers elle, il me montre, & nous crie,
„ Voilà ton Fils, adieu, console-toi, Marie ;
„ Toi, Jean mon bien-aimé, daigne essuyer ses pleurs.
Comme une soif brulante augmentoit ses douleurs,
Ce Sauveur adorable, à qui la tyrannie
Fait subir un arrêt rempli d'ignominie,
Qu'on ose associer aux plus grands scélérats,
Qui souffre sans se plaindre & meurt pour des ingrats,
Demande à soulager la soif qui le dévore ;
Mais de tous ses bourreaux le plus cruel encore,
Un monstre par l'enfer sur la terre enfanté,
Voyant l'ardente soif dont il est tourmenté,
Trempe dans du vinaigre une éponge, & présente
Ce breuvage à Jésus d'une main insolente.

St.

St. MATHIEU.

Ainfi la cruauté, la haine, la fureur,
Ont épuifé leurs traits contre ce doux Sauveur.
Peuple ingrat!dans quel fang ton bras cruel fe plonge!

St. JEAN.

Jéfus preffe un inftant cette funefte éponge ;
Mais on l'entend alors, fous mille maux froiffé,
Crier, Mon Dieu, mon Dieu, pourquoi m'as-tu laiffé?
A ces mots, le foleil nous cache fa lumiére,
La nuit de fes horreurs couvre la terre entière ;
Mais les Juifs acharnés contre le Roi du ciel,
Lui préfentent encor du vinaigre & du fiel :
Alors notre Seigneur contemplant d'un œil ferme,
L'inftant qui de fes maux alloit être le terme,
Dit, tes oracles faints font enfin accomplis ;
J'ai fatisfait à tout & mes vœux font remplis ;
Il eft temps qu'en ton fein, grand Dieu, je me retire.
En inclinant la tête, à ces mots il expire.
Mais, tandis que la mort' d'une tremblante main ,
Dans ce féjour d'horreur frappe fon fouverain ,
De ce crime inouï la nature étonnée ,
Semble avec fon Auteur à périr condamnée ;
Le faint Temple s'ébranle, & dans fon fein facré,
Voit du haut jufqu'en bas fon voile déchiré.
La terre tremble ; l'air fiffle au loin fur nos têtes,
Avec un bruit femblable au noir choc des tempêtes.

Mais, en vain du tombeau plusieurs morts rappellés,
Et les rochers fendus, & les monts ébranlés,
Et du flambeau du jour la lumiére éclipsée,
Et toute la nature ainsi bouleversée,
Nous annonce combien ce forfait odieux,
Epouvante la terre & courouce les cieux.
Le Juif s'en applaudit, & méconnoit encore
Le Sauveur qu'il attend & le Dieu qu'il adore ;
Il voit les élémens prêts à s'anéantir,
Sans être pénétré du moindre repentir.
Le Centenier de garde en ce séjour funeste,
A lui seul rendu gloire au Fils du Roi céleste.

St. JACQUES.

Impitoyables Juifs, êtes vous satisfaits ?
Jésus meurt, & son sang va laver vos forfaits :
Après avoir passé sa vie à vous instruire,
Dans les cieux par sa mort il cherche à vous conduire:
Cruels, ouvrez les yeux, abjurez vos erreurs,
Pratiquez ses leçons, sa doctrine, ses mœurs ;
Songez que ses vertus, ses bienfaits, ses exemples,
Méritent seuls vos vœux, votre amour & vos temples.

St. JEAN.

Amis, l'Emmanuel, par un pénible effort,
Ayant ainsi passé de la vie à la mort,
Un soldat dans le flanc lui plonge son épée,
Et de sang mêlé d'eau la retire trempée.

Voilà

Voilà comment la terre a vu le Roi des Rois,
Mourir pour les humains ſur l'arbre de la Croix.

St. MATHIEU.

Dieu! que d'un tel récit mon ame eſt déchirée!
Mais, en exiſte t il d'aſſez dénaturée,
Pour connoître Jéſus, & voir ſans s'attendrir,
Tous les maux que pour nous il a daigné ſouffrir?
Quel Maître fut jamais plus doux, & plus aimable?
Frémi de tes forfaits, ô nation coupable!
Déja la foudre gronde, & le ciel courroucé,
Pour ſatisfaire au ſang que ta rage a verſé,
De tes murs embraſés par une main hardie,
A l'univers ſurpris va montrer l'incendie,
Et fixer ſes regards ſur le funeſte ſort
D'un million de Juifs dévorés par la mort.

St. JACQUES.

Quand d'un deuil général, race ingrate & parjure,
Tes forfaits inouïs ont rempli la nature;
Quand le ſoleil, la terre & tous les élémens,
Ont de leur Souverain partagé les tourmens;
Quand la plus dure roche enfin s'eſt amollie,
Dans la nuit de l'erreur toujours enſevelie;
N'écarteras-tu point le funeſte bandeau,
Qui voile à tes regards un myſtère ſi beau?
Et le ſang dont ton bras vient de couvrir la terre,
Verſé pour tes péchés, te fera-t-il la guerre?

Ouvre tes livres faints, voi du Prophête Roi
Les oracles remplis. Frémis, & repen toi.

St. M A T H I E U.

O fource de bonté! Rédempteur adorable!
Ten nous du haut des cieux une main fecourable;
Guide nos foibles cœurs; raffermi notre foi;
Que notre exemple ferve à faire aimer ta loi.
Que ta gloire, & ton nom, par nous rendus célèbres,
Confondent les projets de l'ange des ténèbres.
Tu nous promis ta grace avant de nous quitter,
Fai qu'avec nous toujours elle daigne habiter.

St. J A C Q U E S.

En vain la pâle mort, dans ce moment finiftre,
A la haine des Juifs a fervi de miniftre.
Jéfus n'eft point fujet à la corruption,
Vous verrez dans trois jours fa Réfurrection;
Il doit biéntôt après, fur un char de lumiére,
Remonter à nos yeux dans fa gloire premiére:
C'eft de-là qu'impofant des loix aux nations,
Il réglera leurs droits & leurs prétentions,
Et qu'un jour on verra la terre épouvantée,
S'écrouler au feul fon de fa voix irritée.

St. J E A N.

Heureux qui dans lui feul mettant tout fon appui,
Le craint, l'aime, l'adore, & qui te tout pour lui!
Mais malheur au mortel qui d'un éclat frivole,

Ou

Ou d'un bien paſſager fait ſa plus chère idole *!*
Pour nous qui connoiſſons le prix de ſon amour,
D'un cœur humble & ſoumis attendons l'heureux
	jour,
Où d'un regard bénin voyant notre foibleſſe,
Il répandra ſur nous ſon Eſprit de ſageſſe.

St. PIERRE.

Après t'avoir porté de ſi terribles coups,
O mon unique eſpoir! je tombe à tes genoux.
Si ma bouche un inſtant abjura ſon vrai guide,
Mon cœur n'eut point de part à ce ſerment perfide.
Satan du fond brûlant de ſa noire priſon,
Sans égarer mon cœur altera ma raiſon;
La frayeur m'entraîn dans l'erreur la plus forte,
Mais ſur elle, Seigneur, mon repentir l'emporte.
Tu connois mes remords, mes regrets, mes ennuis,
C'eſt ton amour divin qui ſeul les a produits;
Son feu ſacré m'embraſe, & l'ange des ténèbres
En rugit vainement dans ſes antres funèbres;
Je ne redoute plus ſes traits envénimés:
Non, chef des noirs eſprits par la foudre abimés,
Eternel artiſan de la fraude, & du crime,
Ma vertu ne craint plus que ta haine l'opprime;
Si mon cœur effrayé ſous ton joug a gémi,
Par un tendre regard Jéſus l'a raffermi;
Et ſa bonté toujours plus douce & plus facile,

Rend

Rend ma grace certaine, & ta rage inutile.
JOSEPH D'ARITHMATIE.
O Pierre ! soutenez mes esprits abattus :
J'éprouve vos regrets sans avoir vos vertus.
A Jésus attaché par un lien solide,
Si Pierre à ses regards fut un instant perfide,
Le plus prompt repentir efface son oubli ;
Et quel homme est sans tache & n'a jamais failli?....
Pour moi qui plein d'amour pour votre auguste
    Maître,
L'adorois en secret sans me faire connoître,
Je vais ouvertement trouver le Gouverneur,
Lui demander le corps de ce divin Seigneur ;
Si l'orgueilleux Pilate approuve ma demande,
Si j'en obtiens sans peine une faveur si grande,
S'il daigne entre mes mains livrer ce corps sacré,
Qu'avec tant de fureur les Juifs ont massacré,
Possesseur d'un trésor pour moi rempli de charmes,
Je courrai l'embrasser, l'arroser de mes larmes,
Le couvrir d'un parfum aussi pur que nouveau,
Et lui rendre en ce jour les honneurs du tombeau,

F I N.

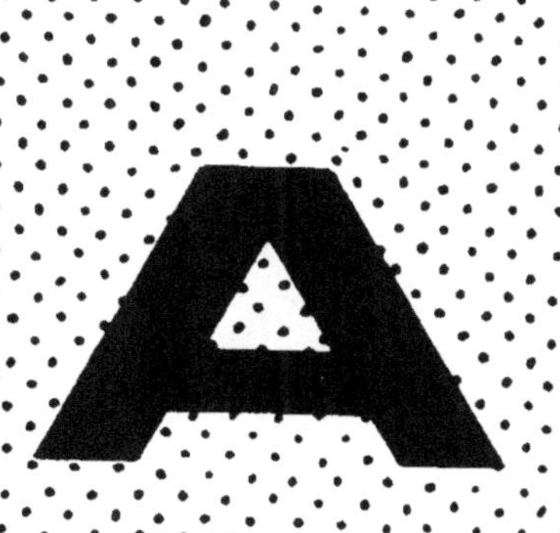

Contraste insuffisant

NF Z 43-120-14